A Bela Adormecida

e outros contos de PERRAULT

por Monteiro Lobato

Brasil, 2023

Lafonte

Título original: *The Fairy Tales of Charles Perrault*
Copyright © Editora Lafonte Ltda. 2021

Todos os direitos reservados. Nenhuma parte deste livro pode ser reproduzida por quaisquer meios existentes sem autorização por escrito dos editores e detentores dos direitos.

Tradução e Adaptação *Monteiro Lobato*

Em respeito ao estilo do tradutor, foram mantidas as preferências ortográficas do texto original, modificando-se apenas os vocábulos que sofreram alterações nas reformas ortográficas.

Direção Editorial *Ethel Santaella*

Revisão *Paulo Kaiser*

Capa e Diagramação *Marcos Sousa*

Ilustrações de miolo e capas *EstúdioMil / Marco Aragão*

```
Dados Internacionais de Catalogação na Publicação (CIP)
          (Câmara Brasileira do Livro, SP, Brasil)

   Lobato, Monteiro, 1882-1948
      A bela adormecida e outros contos de Perrault /
   Charles Perrault ; [tradução e adaptação Monteiro
   Lobato]. -- 1. ed. -- São Paulo : Lafonte, 2023.

      Título original: The fairy tales of Charles
   Perrault.
      ISBN 978-65-5870-335-8

      1. Contos - Literatura infantojuvenil I. Perrault,
   Charles, 1628-1703 II. Título.

   23-148590                                   CDD-028.5

          Índices para catálogo sistemático:

   1. Contos : Literatura infantil       028.5
   2. Contos : Literatura infantojuvenil 028.5

   Aline Graziele Benitez - Bibliotecária - CRB-1/3129
```

Editora Lafonte

Av. Profª Ida Kolb, 551, Casa Verde, CEP 02518-000, São Paulo-SP, Brasil
Tel.: (+55) 11 3855-2100, CEP 02518-000, São Paulo-SP, Brasil
Atendimento ao leitor (+55) 11 3855- 2216 / 11 – 3855 - 2213 - atendimento@editoralafonte.com.br
Venda de livros avulsos (+55) 11 3855- 2216 - vendas@editoralafonte.com.br
Venda de livros no atacado (+55) 11 3855-2275 - atacado@escala.com.br

Impressão e Acabamento
Gráfica Oceano

Índice

4   **As Fadas**

8   **O Pequeno Polegar**

20   **Barba Azul**

28   **A Gata Borralheira**

36   **O Gato de Botas**

42   **A Bela Adormecida**

54   **Riquet Topetudo**

62   **A Capinha Vermelha**

As Fadas

Era uma vez uma viúva com duas filhas.

A mais velha, muito má e orgulhosa, parecia com a mãe em tudo. Ver uma era ver a outra.

A mais moça, porém, primava pela bondade de coração e pela beleza do rosto. Tinha puxado ao pai, um homem muito bom e sério. Justamente por isso a viúva tinha-lhe ódio; fazia-a comer na cozinha e forçava-a a trabalhar sem descanso.

Entre outros serviços pesados, a pobre menina era obrigada a trazer duas vezes por dia um grande pote d'água duma fonte a meia légua de distância. Verdadeiro castigo.

Certa ocasião em que estava na fonte enchendo o pote, apareceu uma velha que lhe pediu de beber.

— Pois não, minha senhora, respondeu delicadamente a menina — e lavou o fundo do pote, enchendo-o da melhor água, e ficou segurando-o no ar enquanto a velha bebia.

— Você é tão bonita e boa, disse a velha, que bem merece um dom. (Era uma fada que se disfarçava de velha para experimentar a bondade das meninas.)

— Que dom?

— Cada vez que falar, rolará da sua boca uma pedra preciosa.

Disse e sumiu.

A menina voltou para casa muito contente — e levou logo uma descompostura por ter-se demorado mais que de costume.

— Peço-lhe perdão, minha mãe, de ter-me retardado tanto, disse ela humildemente — e, ao falar, duas rosas, duas pérolas e dois lindos brilhantes pularam da sua boca.

— Que é isto?, exclamou a mãe assombrada, juntando as pedras. Donde vêm tantas riquezas, minha filha? (Era a primeira vez que a chamava de filha.)

A menina contou o que se passara na fonte — mais diamantes rolaram pelo chão.

A mulher ficou pensativa.

— Vou mandar minha Fanchon à fonte.

— Veja, Fanchon, o que está saindo da boca desta menina! Não quer possuir o mesmo dom? Basta que vá buscar

água e que quando uma velha apareça e peça para beber você a atenda com bons modos.

— Era só o que faltava, eu andar de pote na cabeça!, respondeu a orgulhosa.

— Pois tem de ir e já, ordenou a mãe, de cara feia.

A moça má foi, resmungando, mas levou o mais lindo jarro de prata que existia na casa. Enquanto o enchia, viu sair da floresta uma dama ricamente vestida, que lhe veio pedir de beber. Era a mesma velha agora disfarçada de princesa a fim de ver até que ponto chegava a ruindade de Fanchon.

— A senhora então acha que vim à fonte para dar água aos outros?, respondeu a orgulhosa. Está aqui este jarro de prata. Se quiser, encha-o e beba.

— Você não é boa de coração nem delicada, disse a princesa sem mostrar sinais de zanga. Bem que merece um dom.

— Qual é?

— Cada vez que falar sairá da sua boca um sapo, ou uma cobra.

A moça má pôs-lhe a língua e voltou para casa furiosa. Assim que a viu chegar, a mãe foi dizendo, de cara alegre:

— Então?

— Então, quê?, respondeu de mau

modo a filha — e dois sapos e duas cobras caíram no chão.

— Deus do céu! Que estou vendo!, exclamou a mãe, horrorizada. Minha filha querida a vomitar sapos e cobras, e tudo por causa daquela pestinha! Deixa estar que ela me paga...

Disse e avançou para cima da menina boa, a qual fugiu correndo para a floresta, justamente quando por lá ia passando o filho do rei, que saíra à caça.

Vendo uma tão bela criaturinha, ele perguntou-lhe que fazia ali sozinha e por que motivo chorava.

— Ai de mim!, suspirou a boa menina. Minha mãe acaba de expulsar-me de casa — e ao dizer isto caíram-lhe da boca cinco rosas, cinco pérolas e cinco diamantes.

O filho do rei assombrou-se; perguntou a significação daquilo e, quando soube de tudo, sentiu-se imediatamente apaixonado e levou-a para o palácio, apresentou-a ao rei, dizendo que com outra não casaria. Casaram-se e foram muito felizes.

E a má? Oh, a má ficou tão má depois desse acontecimento que nem sua própria mãe pôde aturá-la. Foi expulsa de casa e, como ninguém quisesse saber dela, morreu abandonada num lugar escuro do bosque.

O Pequeno Polegar

Era uma vez um casal de lenhadores com sete filhos, todos homens; o mais velho tinha dez anos e o mais moço, sete. Parece impossível que esse casal tivesse tantos filhos em tão pouco tempo, mas a explicação é simples: como a lenhadora fosse uma mulher muito apressada, costumava ter dois filhos cada vez.

Não havia gente mais pobre, e aqueles sete filhos davam grande trabalho, porque nenhum deles podia ajudar os pais.

Outra coisa que amofinava o casal era o fato de o menino mais criança ser muito delicadinho e não falar coisa alguma. Era tão pequeno ao nascer que não seria maior que um dedo polegar — e daí lhe veio o apelido de Pequeno Polegar.

Esta pobre criaturinha logo virou o armazém de pancadas da família; e apesar de ser o mais inteligente de todos, nunca falava nada; só escutava.

Afinal, chegou um ano terrível de seca e fome, e o casal de lenhadores resolveu desfazer-se da criançada.

Uma noite em que todos já estavam recolhidos em suas caminhas, o marido, com cara muito triste, pôs-se a dizer a sua mulher:

— Você está vendo que não podemos mais dar comida a essas crianças, e como não quero ver os pobrezinhos morrerem de fome diante dos meus olhos, vou soltá-los amanhã na floresta, bem longe daqui.

— Como?, exclamou a mulher. Tem coragem de desfazer-se assim dos próprios filhos?

O lenhador novamente descreveu a grande miséria em que se achavam e o medo que tinha de ver os filhos morrerem de fome ali mesmo; mas a mulher não consentiu que os abandonasse; embora pobre, paupérrima mesmo, era também mãe.

O homem, porém, tanto falou e com tais cores pintou o quadro dos sete pobrezinhos a torcerem-se de fome diante deles até que a morte viesse, que a mulher cedeu. Concordou em abandoná-los na floresta— e foi deitar-se, chorando.

O Pequeno Polegar ouviu a conversa inteirinha, porque havia desconfiado e viera colocar-se debaixo do banco em que o lenhador se sentava. E depois que o casal se recolheu, voltou para a sua caminha, muito pensativo.

Pensou, pensou, pensou a noite inteira e lá pela madrugada saltou da cama e foi para um ribeirão que havia, onde juntou um punhado de pedregulho. Encheu os bolsos e voltou para casa.

Logo depois, os lenhadores se levantaram, acordaram as crianças e saíram com elas a caminho da mata em que costumavam lenhar. Foram indo até um ponto muito escuro, onde uma pessoa quase não enxergava outra. Lá, o homem pôs-se a cortar

lenha, que os meninos iam arrumando em feixes. Em certo momento, ao ver a criançada distraída no serviço, o lenhador e sua mulher afastaram-se devagarinho e sumiram-se por uma trilha.

Quando os meninos perceberam que estavam abandonados, puseram-se a chorar e a gritar com toda a força. Menos o Pequeno Polegar, que tinha vindo marcando a trilha com as pedrinhas tiradas do ribeirão.

— Não chorem, disse ele; fomos abandonados aqui, mas eu os levarei direitinho para casa; basta que me sigam.

Os meninos seguiram-no e lá foram dar à casa pelas mesmas trilhas por onde tinham vindo. Chegando, não tiveram coragem de entrar e ficaram de ouvido no buraco da fechadura, para apanhar a conversa dos pais.

Ora, tinha acontecido que, ao voltarem da floresta, os dois lenhadores receberam a visita de um portador com um pouco de dinheiro que um vizinho lhes devia de muito tempo. Isto os encheu de alegria, porque as duas pobres criaturas estavam a ponto de morrer de fome. A mulher foi incontinenti ao açougue buscar um sortimento de carne. E como fazia muito tempo que não comiam carne, ela quis desforrar-se, e comprou três vezes mais do que a necessária para a alimentação de duas pessoas. Voltou e depois que encheram o estômago a lenhadora disse:

— Onde estarão neste momento os nossos meninos? Eles poderiam encher as barriguinhas com estes restos de carne. Bem, não quis eu abandoná-los na floresta!

Agora vamos nos arrepender toda a vida. Os coitadinhos! Que estarão fazendo naquela triste mata escura? Com certeza os lobos já os devoraram. Que mau você foi, Guilherme, de ter abandonado daquela maneira as pobres criancinhas!...

Tanto a mulher falou que o lenhador começou a ficar impaciente. Ela dizia e redizia que ele só era o culpado de tudo e que agora teriam de arrepender-se eternamente. O homem ameaçou-a com pancadas, se não calasse a boca. O pobre homem estava tão sentido como a mulher, mas aquelas palavras faziam-lhe mal. Eram palavras dum remorso vivo.

— Ai de mim!, chorava a mulher, descabelando-se. Onde estarão os meus pobres filhinhos?

Neste ponto, as crianças, que escutavam à porta, gritaram:

— Estamos aqui todos, mamãe!

A mulher, louca de alegria, correu a abrir, e os recebeu entre risos e lágrimas, abraçando-os com fúria.

— Que felicidade, tornar a ver meus filhinhos. Devem estar bem cansados e bem famintos, não? Você, Pierrot, como veio sujo de barro! Venha cá, tomar um banho.

Esse Pierrot era o mais velho e o mais querido da lenhadora, por ser ruivo como ela.

Os meninos puseram-se à mesa e comeram com um apetite que encantou aos pais, e enquanto comiam iam contando o terrível medo que sofreram na floresta escura ao se verem sozinhos. Os lenhadores estavam encantados com a volta dos filhos — e nessa felicidade ficaram até que o dinheiro se acabou e a miséria tomou conta da casa outra vez. Então, novamente, depois de muito discutirem o assunto, resolveram abandonar as crianças na floresta, num lugar ainda mais longe.

O Pequeno Polegar ouviu a conversa e ficou caladinho; mas quando pela madrugada quis ir ao ribeirão apanhar pedregulhos, encontrou a porta fechada. Ficou uns instantes atrapalhado, sem saber o que fazer. Mas como era muito esperto, teve logo uma ideia. Sua mãe havia dado a cada um deles um pedaço de pão, do último que restava. Pois bem, ele faria bolinhas do miolo de pão e essas bolinhas substituiriam os pedregulhos.

Logo que rompeu o dia os lenhadores levaram as crianças para um lugar na floresta ainda mais longe e mais escuro, e lá os abandonaram, como da primeira vez. O Pequeno Polegar riu-se consigo, tão certo estava de poder reconduzir os irmãozinhos para casa, como já havia feito antes. Mas foi impossível. Os passarinhos haviam comido todas as bolinhas de pão que ele semeara pelas trilhas.

E agora? Caminhar sem rumo certo era inútil, porque cada vez mais se meteriam pela floresta adentro. Nisto chegou a noite, e com ela uma tremenda ventania, que uivava nas árvores como bando de lobos ferozes. Os coitadinhos encolheram-se ao pé de um grande tronco, sem ânimo de voltar a cabeça nem de pronunciar uma só palavra. Depois caiu a chuva, uma terrível chuva que os deixou molhados até os ossos. Andar era impossível, afundavam os pés na lama, caíam e quando se erguiam ficavam sem saber o que fazer das mãos, de tanto barro.

O Pequeno Polegar trepou ao alto duma árvore para ver se descobria alguma casa. Só viu, muito longe, uma luzinha. Desceu e, embora de dentro da floresta não pudesse mais ver a luzinha, foi levando os outros na direção dela, e tanto andou que afinal a avistou já mais perto.

Andaram, andaram, andaram na direção da luzinha, que perdiam de vista sempre que o terreno descia, para a avistarem de novo logo depois. Afinal, chegaram a uma casa. Bateram à porta. Uma velha que veio abrir lhes perguntou o que queriam. Polegar contou que estavam perdidos na mata e esperavam que ela lhes desse pouso.

Vendo-os tão bonitinhos, a velha pôs-se a chorar.

— Ai, meus meninos! Onde vocês vieram bater! Não sabem que é aqui a casa dum papão que come crianças?

— E agora?, murmurou o Pequeno Polegar, arrependido de medo. Que fazer? A floresta está cheia de lobos que nos comerão sem dó, se a senhora não nos recolher. Antes o papão do que os lobos. Quem sabe se ele fica com pena de nós e não nos come? A senhora pede-lhe isso, sim?

A velha, que era a esposa do papão, resolveu recolher e esconder as crianças das vistas do marido durante aquela noite e mandou-os entrar. Depois, os levou para perto dum bom fogo onde estava assando ao espeto um enorme carneiro para a ceia do papão.

Não demorou muito e os meninos ouviram umas grandes batidas na porta. Era o papão que chegava. A velha imediatamente os escondeu debaixo da cama e foi abrir. O papão entrou, perguntou se a ceia estava pronta e foi sentando-se à mesa. O carneiro já estava assado e no ponto, enchendo a casa com o seu cheiro, mas, mesmo assim, o papão farejou no ar o cheirinho das crianças.

— Estou sentindo cheiro de carne humana!, disse ele franzindo o nariz.

— É da carne do carneiro, respondeu a velha. Que mais havia de ser?

— Não. Estou sentindo o cheiro de carne humana, repetiu o papão olhando para a velha com maus olhos. Há aqui qualquer coisa que não entendo.

E pôs-se a remexer a casa, até que descobriu os meninos debaixo da cama.

— Ah!, exclamou ele num vozeirão. Queria enganar-me, ó maldita mulher? Se não fosse uma velha coroca eu a comia já, já. Mas estes "leitõezinhos" apareceram muito a propósito, porque estou à espera da visita de três papões meus amigos, que devem chegar dentro de poucos dias.

O papão tirou os meninos um por um de debaixo da cama. Os coitadinhos caíram de joelhos, pedindo misericórdia; mas o monstro ria-se, lambendo os beiços e dizendo que dariam um excelente petisco se a mulher os preparasse com um bom molho.

Foi buscar uma grande faca, que amolou bem amolada numa pedra e veio matar as crianças. Já havia agarrado uma quando a velha disse:

— Para que matá-los hoje? Deixe para amanhã, para que a carne não se estrague.

— Cale-se velha. Você não sabe o que diz.

— Mas há tanta carne hoje!, exclamou a mulher, apontando para o assado. Temos, além desse carneiro, um novilho, dois cabritos e um porco, tudo já preparado. É carne demais.

— Você tem razão, concordou afinal o monstro. Ficam os meninos para quando vierem os meus companheiros. Mas trate-os bem. Quero que engordem.

A boa velha ficou radiante de alegria e tratou logo de encher a barriga da criançada com os melhores pedaços de carneiro assado, apesar de que o medo de todos era tanto que nem conseguiam abrir a boca. O papão, muito contente da vida, comeu o carneiro inteirinho e depois bebeu uma dúzia de garrafas de vinho, sempre com ideia na festa que iria proporcionar aos seus amigos. Ficou logo com a cabeça tonta e foi dormir.

Esse papão tinha sete filhas, que apesar de pequenas já mostravam serem filhas de tal pai. Todas carnívoras como hienas, de olhos redondos e nariz de gancho, bocas grandes e dentes compridos, separados uns dos outros. Não eram ainda muito más; mas prometiam ficar tão más como o papão e já sabiam morder as crianças para lhes chupar sangue.

As sete papinhas tinham-se recolhido muito cedo, e estavam acomodadas numa grande cama, cada qual com uma coroa de ouro na cabeça. Nesse mesmo quarto existia outra cama de igual tamanho, na qual a velha acomodou os sete meninos.

O Pequeno Polegar refletiu consigo que o papão era bem capaz de arrepender-se de não os ter matado e de vir dar cabo deles durante a noite — e teve uma ideia: botar as coroas de ouro das papinhas na cabeça dos meninos, e botar os gorros dos meninos nas cabeças das papinhas. E assim fez, sem que as papinhas o percebessem.

Seu cálculo saiu certo. Lá pelo meio da noite o papão perdeu o sono e começou a pensar nos sete "leitõezinhos", já arrependido de não tê-los degolado. À meia-noite em ponto saltou da cama, tomou do facão e disse consigo:

— O melhor é liquidar o caso já. Vou matá-los.

Dirigiu-se cautelosamente para o quarto das filhas e aproximou-se da cama onde os meninos dormiam a bom dormir, exceto Polegar. Estava este alerta, e percebeu que o monstro lhe apalpava a cabeça, fazendo depois o mesmo a todos os seus irmãozinhos.

— Eu ia fazendo uma asneira!, murmurou o papão ao perceber pelo tato as coroas de ouro. Ia matar minhas filhas julgando que fossem os "leitõezinhos". Devo estar muito bêbado — ou então a velha as mudou de cama.

Em seguida, dirigiu-se à outra cama e apalpou as cabeças das papinhas; percebendo que estavam de gorro, julgou que fossem os meninos — e disse:

— Cá estão eles — e agora não me escapa um só! E degolou num instante as sete filhas.

Terminado o trabalho, guardou a faca e foi dormir na sua cama, com todo o regalo.

Assim que Polegar percebeu pelos roncos que o papão havia ferrado no sono, acordou os irmãozinhos e mandou que se vestissem depressa, e o seguissem. Desceram todos, com mil cautelas, até o jardim e pularam os muros. E correram a noite toda, sem saber para onde se dirigiam.

Pela manhã, quando o papão acordou, disse ele à velha:

— Vá vestir-se e cuidar dos meus "leitõezinhos".

A velha espantou-se do tom amável do marido, pois nada sabia dos sucessos da noite. Foi ao quarto da papinhas e... Quase morreu de espanto ao vê-las todas de cabeças cortadas! Por fim desmaiou, uma coisa que todas as mulheres fazem nas ocasiões difíceis.

O papão estranhou o silêncio e a demora da mulher e foi ver o que havia. Ao dar com as sete filhas degoladas, encheu-se da maior cólera da sua vida.

— Eles me pagam! Eles me pagam!, urrou, com a boca cheia de espuma vermelha.

Derramou um pote d'água na cara da velha, para acordá-la, e depois disse:

— Depressa! Minhas botas de sete léguas! Quero alcançá-los já e já!

Calçou as botas e saiu pela floresta em procura dos meninos. Num instante percorreu a floresta inteira, e afinal descobriu-os a cem passos apenas da cabana do lenhador. De longe os meninos já viram o papão, que pulava duma montanha para

outra ou atravessava grandes rios como se fossem poças d'água. O Pequeno Polegar imediatamente empurrou os irmãozinhos para um buraco de pedra que viu perto, e entrou também, ficando a espiar por uma fresta. O papão havia parado a uns metros de distância, para descansar, porque as tais botas de sete léguas cansavam como se fossem de chumbo, e por acaso veio sentar-se bem em cima da pedra debaixo da qual estavam escondidos os meninos.

Cansadíssimo estava ele, pois logo adormeceu e pôs-se a roncar tão alto que os meninos lá dentro suavam frio, de tanto medo. Inda ficaram com mais medo do que quando o viram afiar a faca para matá-los. O Pequeno Polegar, então, mandou que os irmãozinhos fugissem para casa e o deixassem só ali. Assim fizeram eles, e logo que se viu só, Polegar aproximou-se do papão e tirou-lhe as botas, e calçou-as, apesar de serem imensas para uma criaturinha como ele. Essas botas, porém, eram mágicas, e sabiam diminuir ou crescer conforme o tamanho dos pés. Assim foi que o menino ficou com um par de botas bem justinhas, como feitas especialmente para ele.

Calçadas as botas mágicas, Polegar foi num instante à casa do papão, onde encontrou a velha a chorar sobre os corpos das filhas degoladas.

— Seu marido, minha senhora, disse ele, está num grande perigo, porque foi agarrado por uma quadrilha de ladrões que o ameaçaram de morte caso não entregasse todo o dinheiro que tem nesta casa. No momento em que o iam matar, ele me viu e me mandou aqui com ordem de levar tudo quanto tiver valor, pois do contrário ele será morto sem misericórdia. E como era coisa de muita urgência, emprestou-me as suas botas de sete léguas, não só para que eu viesse depressa, mas também para que a senhora se convencesse da verdade.

A pobre papona, muito apavorada com o sucedido, não duvidou de nada, e foi entregando ao Pequeno Polegar todas as riquezas que ali existiam, acumuladas durante anos e anos de roubos. O menino tomou tudo aquilo e foi correndo para casa, onde os pais e os irmãozinhos o receberam com grande alegria.

Assim acaba a história. Outras pessoas contam o caso dum modo um pouco diferente no fim. Dizem que o Pequeno Polegar só tirou as botas do papão, mas que não saqueou a casa dele. Em vez disso, o que fez foi oferecer ao rei os seus serviços.

— Que serviços, menino?, perguntou o rei, que andava em guerra com outro rei, seu vizinho.

— Poderei ir para a guerra e trazer todos os dias as últimas novidades.

O rei aceitou, pois naquele tempo as comunicações eram muito difíceis e as notícias da guerra chegavam sempre com uma semana de atraso. Quando o rei viu que o menino cumpria a palavra e trazia realmente notícias frescas, mostrou-se muito contente e deu-lhe o que ele quis. Polegar ficou muito tempo na corte, encarregado dessa tarefa de correio mais veloz que o vento. Sempre que havia pressa de qualquer coisa, só podiam arrumar-se com ele — e isso lhe rendeu uma grande fortuna.

Depois de juntar muito dinheiro, voltou para a casa dos pais, onde foi recebido de braços abertos e com grandes demonstrações de alegria. Com o dinheiro que tinha ganho arrumou a vida de todos, comprou belas propriedades e transformou aquela infeliz família na mais abastada e feliz das redondezas. ∎

Barba Azul

Era uma vez um homem que possuía belas casas na cidade e no campo, mobília de luxo, prataria e carruagens. Mas, por desgraça, tinha a barba azul, o que o tornava tão feio e terrível que todas as mulheres fugiam dele.

Uma das suas vizinhas, que era fidalga, tinha duas filhas perfeitamente belas. Barba Azul pediu uma em casamento — uma qualquer, a mãe que escolhesse. Mas as duas moças não queriam saber dele, não só por causa da barba azul como também porque já havia casado várias vezes e ninguém sabia o fim que as mulheres levavam.

Barba Azul, para melhor decidi-las, levou-as com a mamãe e mais três ou quatro dos seus melhores amigos a uma casa de campo, onde passaram oito dias. Eram passeios e mais passeios, caçadas, pescarias, danças e jantares — uma festa contínua; as moças quase não dormiam, passando as noites em divertimentos e brincadeiras. E o caso foi que a menina mais moça gostou tanto daquela vida que perdeu a cisma com o Barba Azul e começou até a achar que era um homem muito bom. E casou-se com ele logo que voltaram à cidade.

No fim de um mês, Barba Azul disse à sua nova esposa que tinha de fazer uma viagem longa, dumas seis semanas no mínimo, para um negócio de muita importância, e pediu-lhe que se divertisse quanto quisesse durante a sua ausência. Poderia convidar amigas e levá-las para o campo e festejá-las com toda a largueza.

— Aqui estão, disse ele, as chaves de todas as salas; estas são as chaves do quarto onde estão as baixelas de ouro e prata; estas, as dos cofres onde estão todo o meu ouro e pedras preciosas. E esta aqui, pequena, é a chave do gabinete que fica ao fundo da galeria.

Ande por onde quiser, abra o que quiser, menos esse gabinete. Se abri-lo, terá de contar com a minha cólera.

A jovem esposa prometeu fazer tudo como ele dizia — e Barba Azul entrando na sua carruagem partiu.

Os vizinhos e as amigas não esperaram que a moça os convidasse; foram aparecendo, um atrás do outro, de tão ansiosos que andavam por conhecer as famosas riquezas daquela casa. Não tinham vindo antes porque a presença do homem de barba azul os assustava. Vieram e puseram-se a correr o palácio — porque era um verdadeiro palácio a casa. Correram-no inteirinho e visitaram todas as salas e todos os quartos, cada qual mais rico que o outro. Aquelas mobílias raras, aquelas

tapeçarias, aqueles espelhos enormes em que uma pessoa se via da cabeça aos pés eram as coisas mais ricas que todos ainda haviam visto. E as amigas não paravam de invejar a sorte da moça que se casara com tão opulento senhor; ela, porém, nem dava tento à conversa; sua preocupação era uma só: ver o que havia dentro do tal gabinete misterioso.

E não podendo por mais tempo dominar a curiosidade, cometeu a grosseria de largar os visitantes para correr até o fim da galeria grande onde ficava o gabinete. Tal era a sua pressa que ao descer por uma escadinha de serviço quase quebrou o pescoço. Chegou afinal diante da porta do gabinete e parou, receosa, pensando no que poderia acontecer-lhe caso desobedecesse às ordens do marido. Mas a curiosidade venceu o medo — e ela abriu a porta.

A princípio, não viu nada, porque estava escuro lá dentro. Mas, depois que seus olhos foram se acostumando à escuridão, começou a ver coisas esquisitas. Viu manchas de sangue no chão e viu, também, pendurados à parede, vários corpos de mulheres: eram todas as esposas que Barba Azul havia tido e que degolara uma por uma. A moça quase morreu de medo e a chave do gabinete, que tinha nas mãos, caiu por terra.

Depois que voltou a si do grande susto, apanhou a chave, saiu do gabinete, fechou a porta e foi para o seu quarto a fim de recompor-se antes de aparecer novamente para os hóspedes; mas não o conseguiu. Seu corpo tremia como geleia.

Havendo notado que a chave do gabinete estava manchada de sangue, ela a limpou várias vezes, sem nada conseguir; nem lavando e esfregando com areia aquele horrível sangue desaparecia. Isso porque a chave era uma fada e quando as manchas sumiam de um lado reapareciam do outro.

Barba Azul não demorou na viagem tanto tempo como disse; voltou logo depois, dizendo ter recebido cartas no caminho, anunciando que dispensavam a sua presença no tal negócio. Sua mulher ficou embaraçada com a volta repentina, mas fez o que pôde para mostrar contentamento.

No dia seguinte, Barba Azul pediu-lhe as chaves e a moça entregou-as com mão trêmula. Isso o fez adivinhar o que se havia passado.

— Por que a chave do gabinete não está com as outras?, perguntou ele.

— Oh, esqueci-me dela em cima da mesa!, respondeu a moça.

— Pois não esqueça de trazer-me quanto antes, disse ele.

A coitada demorou o mais que pôde; por fim teve de entregar a chave.

— Sangue na chave?, perguntou ele. Por que isto?

— Não sei!, disse a mulher mais pálida que a morte.

— Não sabe, hein?, disse Barba Azul. Pois eu sei. A senhora entrou no gabinete contra as minhas ordens e já que fez isso terá de ficar lá em companhia das outras.

A pobre moça lançou-se aos pés do marido desfeita em lágrimas e pediu-lhe mil perdões pela falta cometida, prometendo nunca mais desobedecê-lo dali por diante. Suas lágrimas teriam enternecido uma pedra; mas o coração de Barba Azul era mais duro que pedra.

— Tem de morrer, senhora, disse ele imediatamente.

— Já que tenho de morrer, suplicou a mísera, dê-me um pouco de tempo para rogar a Deus.

— Tem meio quarto de hora para isso, nem mais um minuto!, foi a resposta do monstro.

Quando se viu só, a moça chamou a irmã e disse-lhe: "Minha cara irmã, Ana, peço que suba ao alto da torre para ver se meus irmãos vêm vindo. Eles prometeram vir visitar-me hoje. Se por acaso os avistar, peça-lhes que corram a toda!

A irmã, Ana, subiu ao alto da torre e a pobre condenada volta e meia lhe gritava muito aflita:

— Ana, minha irmã, Ana, diga-me se eles já vêm vindo!

E a irmã, Ana, respondia:

— Nada mais vejo, senão o sol a iluminar os campos.

Logo depois, Barba Azul, com uma grande faca na mão, pôs-se a gritar para a esposa:

— Desça, se não subirei até aí.

— Espere um pouco mais, senhor, um momentinho só, respondeu ela — e, voltando-se para a irmã, Ana, perguntou em voz baixa: Não apontaram ainda?

— Nada vejo, senão o sol a iluminar os campos, foi a resposta.

— Desça depressa!, insistia Barba Azul. Já terminou o prazo.

— Já vou descendo — e para a irmã, Ana, baixinho: E agora, irmã, Ana?

— Vejo uma poeirada lá longe…

— Serão eles?

— Infelizmente não. Apenas um rebanho de carneiros.

— Então não desce?, gritou Barba Azul.

— Um momentinho só ainda!, respondeu a moça e para a irmã: Ana, e agora, o que vê?

— Vejo dois cavaleiros na disparada, mas estão muito longe ainda. Deus seja louvado! São eles!, exclamou logo depois. Estou fazendo sinais para que corram o mais que possam.

Mas Barba Azul estava impaciente e pôs-se a gritar com tal fúria que toda a casa tremeu.

A pobre moça teve de descer e foi arrojar-se aos seus pés, toda desgrenhada e em lágrimas, implorando misericórdia.

— Não adianta chorar, disse Barba Azul. Tem de morrer como as outras, e agarrando-a pelos cabelos com uma das mãos, com a outra ergueu no ar a terrível faca. A infeliz moça pediu-lhe ainda uns segundos mais para recolher-se e encomendar a alma a Deus.

— Não, não, respondeu o montro erguendo a faca. Vai morrer já!

Mas, nesse momento, a porta da sala abriu-se com violência e dois cavaleiros entraram de espada em punho. Barba Azul viu logo que eram dois mosqueteiros, irmãos da sua mulher, de modo que só poderia esperar a salvação na fuga. E fugiu, mas os cavaleiros o perseguiram valentemente e o alcançaram antes que ele pusesse o pé na estrada. E o vararam com as espadas e o mataram bem matado. A pobre moça ergueu-se mais morta que viva e mal teve forças para abraçar os seus irmãos.

A justiça verificou que Barba Azul não tinha herdeiros, de modo que toda a sua fortuna cabia à última esposa. A viúva de Barba Azul ficou pois riquíssima, e empregou parte do dinheiro para casar a irmã, Ana, e parte para fazer seus irmãos subirem de posto na milícia em que estavam. O resto ficou para ela mesma, e serviu para o seu casamento com um moço muito bonito e bom, que a fez esquecer dos maus pedaços que passara com Barba Azul. ◼

A Gata Borralheira

Era uma vez um gentil-homem que se casou em segundas núpcias com uma das mulheres mais orgulhosas que ainda existiram. Essa mulher trouxe duas filhas que puxaram por ela em tudo e o gentil-homem tinha uma menina que era duma bondade e doçura sem exemplos.

Logo depois de realizado o casamento, o mau gênio da mulher mostrou-se, pois não podia suportar as boas qualidades da enteada, visto como essas boas qualidades ainda mais realçavam a ruindade das suas filhas. Em vista disso, pôs em cima da coitadinha os mais grosseiros serviços da casa, como lavar as panelas e os assoalhos. A mísera dormia num recanto do sótão, sobre um montinho de palha, enquanto as outras se regalavam em aposentos atapetados, com lindas camas e guarda-roupas de espelhos nos quais podiam mirar-se a toda hora. Mas a pobre menina tudo suportava com paciência infinita e sem queixar-se ao pai, o qual já andava completamente dominado pela nova esposa.

Quando concluía o seu serviço, ia ela sentar-se junto ao fogão sobre um montinho de cinzas — e daí lhe veio o apelido de Gata Borralheira.

Mas, apesar de tudo, a desprezadinha não deixava de ser mil vezes mais bela que as duas emproadas, ainda que se vestissem como princesas.

Ora aconteceu que o filho do rei deu um grande baile para o qual convidou toda a gente importante da cidade — e as duas filhas da mulher má também receberam convites. Puseram-se incontinenti a preparar-se, a escolher vestidos e penteados, enquanto a Borralheira só tinha licença de espiar de longe, lá do seu cantinho.

— Eu, dizia a mais velha, vou com o meu vestido de veludo cor de romã, e com aquela gola de renda da Irlanda.

Eu, dizia a mais moça, vou com o meu manto de flores de ouro e o barrete de brilhantes.

Foi chamado o melhor cabeleireiro para armar os penteados, que naquele tempo eram enormes e de canudinhos, e depois fizeram vir a Borralheira para dar opinião, visto que a pobre menina tinha muito bom gosto. E ela deu sua opinião com toda franqueza, corrigindo certos defeitos dos penteados de modo a realçá-los mais.

Enquanto isso, as duas lhe perguntavam por caçoada:

— Borralheira, você tinha vontade de ir ao baile?

— Quem sou eu?, respondia a pobrezinha — e as outras gargalhavam, dizendo que realmente seria um absurdo, que uma gata do borralho fosse ao baile do príncipe.

A alegria das duas era tamanha que passaram dois dias sem comer. Não havia tempo. O tempo todo era para se mirarem e remirarem ao espelho.

O dia da festa chegou afinal — e lá se foram elas, muito lampeiras, seguidas pelos olhares tristes da pobre gatinha do borralho. Logo, porém, que as viu desaparecer ao longe, a menina começou a chorar. Nisto, apareceu-lhe sua madrinha, que era fada, e lhe perguntou por que chorava.

— Eu queria... Eu queria..., começou a menina, mas o choro não a deixava concluir.

— Já sei, disse a madrinha. Querias ir ao baile, não é?

— Ai de mim!, suspirou a menina. Quem sou eu?

— Pois irás, minha filha — eu te farei ir, e isto dizendo levou-a para o quarto, onde disse: "Vai à horta e traga uma cidra".

A menina foi e trouxe a mais bela cidra, sem saber como tal fruta pudesse levá-la ao baile. A madrinha cavou a cidra de modo a deixar só a casca e depois a bateu com a sua varinha de condão. Imediatamente a cidra oca se transformou numa belíssima carruagem dourada.

Em seguida, a madrinha foi a uma ratoeira armada perto da despensa e tirou dela seis ratinhos vivos, e foi dando um toque de vara em cada um à medida que os tirava — e eles viraram imediatamente lindos cavalos, que correram a atrelar-se à carruagem. Faltava o cocheiro.

— Vai ver, menina, se não há ainda algum rato na ratoeira.

A menina foi e encontrou mais três, que imediatamente foram virados em três cocheiros.

— Vai agora ao jardim e traga seis lagartixas que moram debaixo da tina d'água — e a menina foi e trouxe as lagartixas, e a fada as transformou em seis lacaios, os quais subiram à carruagem como se nunca tivessem feito outra coisa na vida.

— Muito bem, disse a madrinha. Tens agora meios de ir ao baile. Estás contente?

— Sim, respondeu a menina, mas como poderei ir a tal festa nestes trajes? A resposta da madrinha foi dar-lhe um toque de vara, e imediatamente apareceu o mais maravilhoso vestido

que ainda se viu no mundo, e também um par de sapatinhos de cristal. A menina vestiu-se, calçou os sapatinhos e subiu à carruagem. No momento de partir, a fada lhe recomendou que abandonasse o baile antes de bater meia-noite, porque senão a carruagem se viraria outra vez em cidra, os cocheiros e lacaios em ratos e lagartixas e o seu rico vestido em trapos imundos.

A menina prometeu que faria assim e lá se foi, tinindo de alegria. O filho do rei, ao ser avisado da chegada de uma grande princesa desconhecida, correu a recebê-la, e, tomando-lhe a mão, introduziu-a na sala. Fez-se no recinto grande silêncio, porque a beleza da menina havia deslumbrado a todos. Só se ouviam comentários:

"Como é formosa! Que lindos olhos tem!" O rei, apesar de velho, também maravilhou-se e confessou à rainha que nunca tinha visto uma criatura de tal beleza. E as fidalgas da corte não tiravam os olhos do seu penteado e do seu vestido, com ideia de copiar tudo aquilo no dia seguinte.

O príncipe veio tirá-la para dançar — e a menina dançou com tamanha leveza e graça que ainda cresceu de vários pontos a admiração geral. Quando foram servidos doces e refrescos, o príncipe nada quis, de tão absorvido que estava na contemplação da maravilhosa princesa.

A menina foi sentar-se ao lado das suas irmãs e lhes fez mil cortesias e louvores, chegando a repartir com elas os doces dados pelo príncipe, e as duas muito estranharam isso, pois não a reconheceram.

Mas o tempo ia passando e afinal soaram as onze e três quartos. A Gata Borralheira imediatamente se levantou, fez uma reverência para todos e saiu apressada. Ao chegar à casa, tudo contou à madrinha e disse que recebera amável convite do príncipe para comparecer ao baile do dia seguinte. Estava nisto, combinando o que havia de ser, quando chegaram as duas emproadas e bateram. A menina correu a abrir, e fingindo que estivera no melhor dos sonos, disse-lhes, bocejando:

— Como se demoraram! E elas responderam:

— Se você tivesse ido ao baile não estaria agora bocejando. Foi uma beleza! Entre as convidadas apareceu uma desconhecida, linda como os amores. E falou-nos, sabe? E fez-nos mil gentilezas, dando-nos até doces que o príncipe lhe ofertara.

A menina perguntou se sabiam o nome da tal desconhecida.

— Não sabemos, nem ninguém sabe — e o príncipe está tão apaixonado que dará tudo quanto possui para sabê-lo.

— Mas era linda mesmo?, perguntou a menina sorrindo, com ar de dúvida. Oh, como vocês são felizes de a terem visto! Deixem-me vê-la também! Deixem-me ir ao baile, com aquele vestidinho velho de rendas creme!

As moças caíram na gargalhada.

— Tinha graça!, exclamaram. Era só o que faltava...

Mas a menina ficou bem contente com a resposta, porque se elas houvessem consentido seria uma grande atrapalhação.

No dia seguinte, as duas irmãs foram de novo ao baile e logo depois a Borralheira fez o mesmo — e dessa vez foi com um vestido ainda mais lindo que o da véspera. O filho do rei veio ter com ela e não a largou um só minuto; e tão entretidos estiveram os dois na conversa que a menina se esqueceu da recomendação da fada. Só quando soou a primeira pancada da meia-noite é que se lembrou, e teve de sair mais rápido que uma veadinha. O príncipe correu para agarrá-la, mas não pôde. Só pôde apanhar um dos seus sapatinhos, que ao atravessar o jardim lhe escapou do pé.

Borralheira chegou à casa mais morta do que viva do susto e da carreira, sem carruagem, sem cocheiro e lacaios, sem o vestido maravilhoso. Só lhe ficara, de toda aquela magnificência, um pé de sapatinho de cristal.

O príncipe indagou dos guardas do portão se não havia passado por ali uma princesa, e eles responderam que só tinham visto uma menina andrajosa a correr, que mais parecia uma cozinheira.

Quando as duas irmãs chegaram do baile, a menina foi abrir-lhes a porta e de novo perguntou se haviam se divertido muito e se a tal princesa maravilhosa havia aparecido. Elas responderam que sim, que aparecera e mais linda ainda que na véspera, mas que fugira ao soar da meia-noite, e com tanta precipitação que havia deixado no jardim um pé de sapatinho. O príncipe o havia tomado e viera experimentá-lo no pé de todas as moças presentes, sem que servisse em nenhum. E que durante o resto do baile ele ficara jururu num canto, porque estava perdido de amor pela dona do sapatinho.

Era verdade tudo aquilo. No dia seguinte, o filho do rei fez proclamar pela cidade que desejava casar-se com a dona do sapatinho, fosse ela quem fosse. E começou a investigação. Um emissário do príncipe ia de casa em casa para experimentá-lo em todos os pés de moça, começando pelas princesas, passando depois para as duquesas e marquesas e baronesas. Não serviu no pé de nenhuma, e então começou ele a experimentá-lo no pé das moças comuns.

Afinal, chegou a vez das duas irmãs. A carruagem do emissário parou à porta e ele entrou com o sapatinho na mão. As duas irmãs vieram prová-lo e tudo fizeram para calçá-lo. A Gata Borralheira, que estava num cantinho espiando a cena, murmurou:

— Eu também queria ver se me serve!

As duas irmãs caíram na gargalhada; mas o emissário do príncipe não fez o mesmo — achou que ela tinha razão, pois a ordem de seu amo era provar o sapatinho em todas. E, chamando a menina, fê-la sentar-se e deu começo. Maravilha! O sapatinho entrou naquele pé como um dedo entra num anel.

O assombro das duas irmãs foi imenso, e maior ainda quando a Borralheira tirou do bolso do avental o companheiro do sapatinho e o calçou no outro pé. Nisto surgiu a fada madrinha e, dando-lhe um toque da sua vara de condão, fê-la surgir mais radiosa e bela que a mais bela das princesas. E foi assim que a Gata Borralheira saiu da casa da madrasta e pela mão do emissário foi conduzida ao palácio do príncipe.

Só então as duas irmãs reconheceram na menina desprezada a princesa desconhecida dos bailes — e correram a lançar-se aos seus pés, pedindo perdão pelo mau tratamento que lhe haviam dado. A menina ergueu-se e disse que as perdoava de todo o coração e que seriam sempre amigas.

O casamento realizou-se logo depois e a Gata Borralheira, que era muito boa de sentimentos, levou as irmãs para o palácio e também as casou no mesmo dia com dois grandes fidalgos.

O Gato de Botas

Um dono de moinho, ao morrer, deixou para os seus três filhos três coisas — para o primeiro, o moinho, para o segundo, um asno, e para o terceiro, um gato. Este ficou triste, porque receber de lembrança um gato é o mesmo que receber nada.

— Meus irmãos podem ganhar a vida honestamente, se se associarem, queixava-se ele. Mas eu só poderei comer o gato e fazer umas luvas da sua pele; depois disso terei de morrer de fome.

O gato ouviu a lamúria e disse:

— Não se aflija, meu amo; basta que me dê um par de botas e um saco, e mostrarei que não foi tão infeliz na partilha da herança como está imaginando.

O moço já tinha visto aquele gato fazer tantas proezas na caça aos ratos, dar tantos pulos, e esconder-se tão bem na farinha, fingindo-se de morto, que não achou fora de propósito o que ele dizia — e deu-lhe o saco pedido e mais o par de botas.

O gato calçou as botas, pôs o saco ao ombro e dirigiu-se a um ervaçal onde havia muitos coelhos. Lá deitou-se, fingindo-se de morto, depois de haver colocado no saco umas iscas. E ficou à espera de que algum coelhinho inexperiente das astúcias do mundo viesse lambiscar naquele petisco.

Não tardou que isso acontecesse. Um coelhinho tonto farejou a isca e, vendo que o gato estava morto, meteu-se no saco. O morto ressuscitou e *nhac!* Matou o coitadinho.

Glorioso da sua façanha, o gato dirigiu-se ao palácio do rei, onde declarou que queria falar com Sua Majestade. Os guardas levaram-no para os aposentos reais. O gato fez uma grande reverência e disse ao rei:

— Aqui tem, Vossa Majestade, um belo coelho que o Senhor Marquês de Carabás (foi o nome que ele inventou para o seu amo) me encarregou de oferecer a Vossa Majestade.

— Diga ao marquês, vosso amo, respondeu o rei, que eu muito lhe agradeço o belo presente.

Depois de retirar-se do palácio, o gato foi esconder-se num trigal, tendo sempre o saco aberto diante de si com a isca dentro; logo que duas perdizes entraram, matou-as e foi ao palácio para oferecer ao rei mais aquele presente do Marquês de Carabás. O rei recebeu-o com agrado, ordenando que lhe dessem uma recompensa.

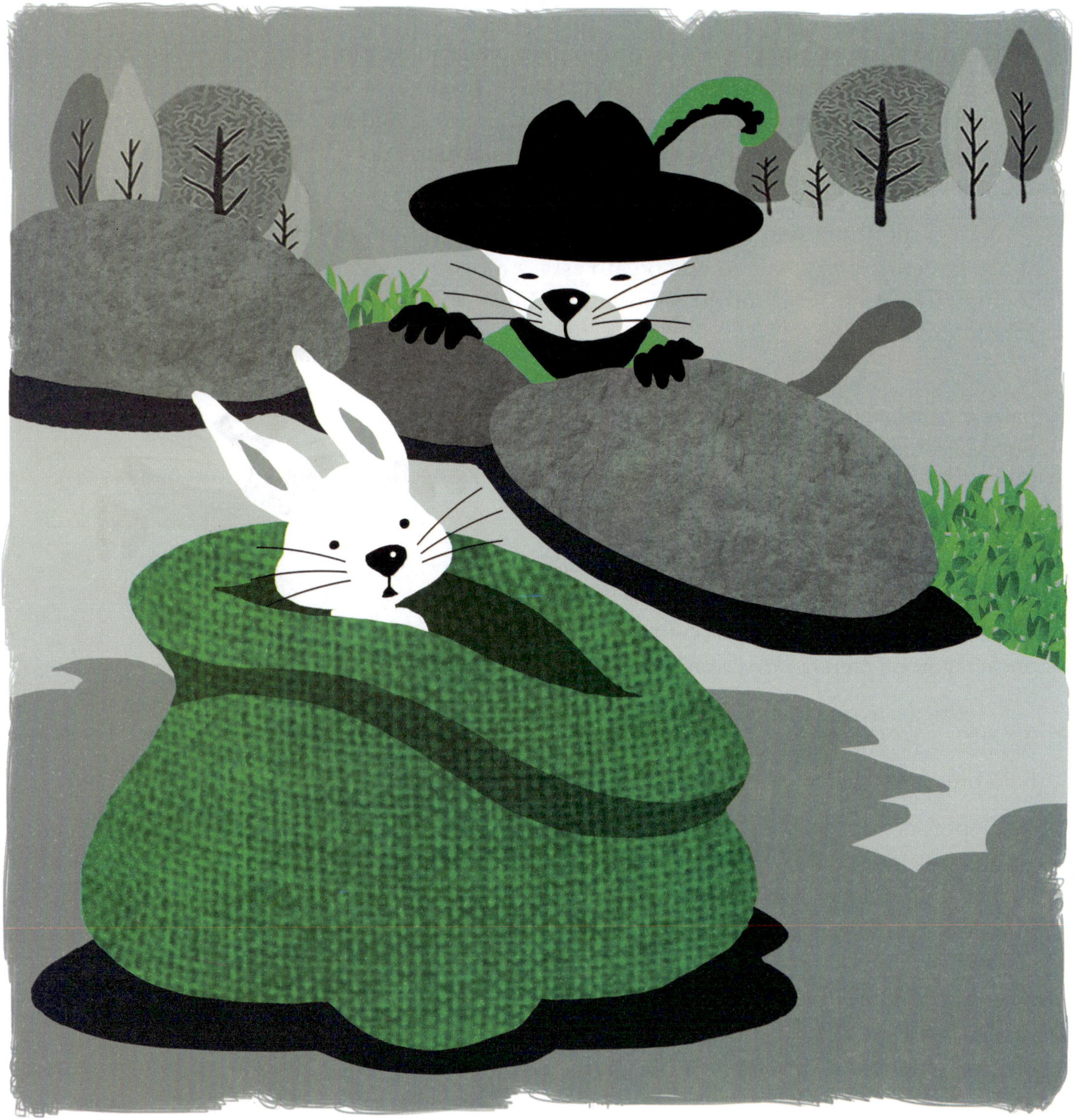

E assim continuou o gato durante dois ou três meses, levando sempre ao rei preciosas peças de caça da parte de seu amo marquês. Um dia em que soube que o rei iria fazer um passeio pelas margens do rio, acompanhado da sua filha que era a mais linda princesa do mundo, o gato de botas disse ao seu amo:

— Se o senhor seguir meu conselho estará com a fortuna feita. Basta que vá banhar-se no rio, no lugar por mim indicado. O resto fica por minha conta.

O Marquês de Carabás fez o que o gato disse, sem indagar quais eram os seus planos, e estava no banho quando aconteceu passar o rei acompanhado da princesa sua filha. O gato pôs-se imediatamente a gritar com toda a força: Acudam! Acudam! O senhor Marquês de Carabás está-se afogando!

Ao ouvir esses gritos, o rei botou a cabeça fora da carruagem e logo reconheceu o animalzinho que lhe havia levado tantos presentes. Ordenou então aos guardas que fossem acudir o Marquês de Carabás.

Enquanto os guardas retiravam o marquês do rio, o gato chegou-se à carruagem e explicou ao rei que enquanto o seu amo se banhava tinham vindo ladrões, que lhe roubaram todas as roupas. O rei acreditou e deu ordem para que os oficiais do seu guarda-roupa fornecessem o marquês com os mais belos vestuários, e ainda lhe fez outras amabilidades. Os vestuários trazidos assentaram muito bem ao rapaz, que era bonito de cara e bem-feito de corpo, de modo que a filha do rei começou imediatamente a gostar dele.

O rei convidou-o para subir à sua carruagem a fim de tomar parte no passeio. Radiante de alegria por ver que seus planos começavam a dar resultado, o gato de botas saiu a correr na frente da carruagem. Encontrou uns camponeses que ceifavam trigo e ameaçou-os:

— Se vocês não disserem ao rei que estes campos pertencem ao Marquês de Carabás, serão todos picados bem miudinho, ouviram?

Quando o rei passou por ali e indagou a quem pertenciam aqueles campos, os camponeses aterrorizados responderam em coro:

— Pertencem ao Marquês de Carabás!

— Oh, o senhor possui uma bela propriedade!, disse o rei ao moço.

— É um campinho regular, comentou ele com modéstia. Sempre me dá alguma coisa cada ano.

Mais adiante, o gato encontrou mais camponeses que amontoavam feixes de trigo e repetiu a mesma ameaça — ou diziam ao rei que o trigo pertencia ao Marquês de Carabás ou seriam picados bem miudinho. Minutos depois, quando o rei passou e indagou de quem era o trigo, todos responderam incontinenti: Do Marquês de Carabás, senhor! O rei de novo deu parabéns ao moço. E assim por diante.

O gato chegou depois a um castelo que pertencia a um papão riquíssimo, porque todas as terras que ficavam à margem do caminho eram de sua propriedade. Informou-se logo de tudo e pediu licença para falar com o papão, alegando que não queria passar por ali sem lhe render as suas homenagens.

O papão recebeu-o com a gentileza possível num papão e mandou-o sentar-se.

— Ouvi dizer, começou o gato, que o senhor tem o dom de transformar-se em qualquer animal que queira, num elefante, por exemplo. Será verdade?

— É, sim, para dar uma prova vou transformar-me em leão.

E transformou-se num leão, com imenso pavor do

gato, que de um pulo foi parar no telhado, com botas e tudo. E lá ficou até que o monstro retomasse a sua forma primitiva. Desceu, então, e disse-lhe:

— Muito bem, senhor papão! Mas igualmente ouvi dizer que o senhor se transforma também em animais pequeninos — num camundongo, por exemplo, e achei demais — não pude acreditar. Parece-me coisa impossível.

— Impossível? roncou o papão. Pois vou mostrar que é possibilíssimo — e imediatamente transformou-se num ratinho. O gato de botas — *nhac!* — agarrou-o dum bote e comeu-o.

Nisto, aproximou-se a carruagem do rei, o qual viu o lindo castelo e mostrou desejos de descansar ali. O gato correu ao portão para recebê-lo.

— Entre, Majestade, e seja bem-vindo neste castelo do Senhor Marquês de Carabás.

— Como, Senhor Marquês?, exclamou o rei admirado. Então este castelo também é seu? Oh, é uma vivenda principesca!

O moço concordou modestamente que sim, que não era má a vivenda, e dando a mão à jovem princesa ajudou-a a descer da carruagem. Depois, acompanhou o rei até o salão de festas, onde encontrou a mesa posta para um suntuoso banquete que o papão havia preparado para os seus amigos.

O rei ficou encantado com as boas qualidades e a riqueza do marquês, e no meio do banquete lhe disse:

— Pois, meu caro marquês, creio que depende unicamente de si tornar-se meu genro...

O moço fez uma grande reverência para agradecer a distinção que o rei lhe conferia — e nessa mesma semana casou-se com a princesa. O gato de botas ficou sendo o mais importante fidalgo da corte e até o fim da vida nunca mais perseguiu os ratos senão por divertimento.

A Bela Adormecida

Era uma vez um rei e uma rainha, sempre tão aborrecidos de não terem filhos que até dava dó. Iam passar temporadas em estações de águas minerais; faziam promessas; empregavam todos os meios de ter filhos, mas sem nenhum resultado. Certo ano, porém, tudo mudou e a rainha teve uma filha. Foi enorme sua alegria. O batismo virou uma festa sem igual e todas as fadas do país (eram sete) receberam convite para servirem de madrinhas da preciosa criança.

Depois das cerimônias do batismo, realizado numa catedral, os convidados voltaram ao palácio do rei para assistir ao grande banquete oferecido às fadas. Diante de cada uma foi colocado um talher maravilhoso, de ouro finíssimo, guarnecido de diamantes e rubis. Mas assim que tomaram assento, apareceu na sala uma fada velha que não tinha sido convidada porque já fazia cinquenta anos que se metera numa torre sem sair uma só vez, de modo que toda gente a julgava morta ou encantada. O rei mandou pôr na mesa mais um talher; infelizmente os talheres de ouro eram só sete, não sendo possível dar à fada velha um talher igual ao das outras.

Era tão má essa velha fada que se pôs de cara feia a resmungar. Uma das fadas moças viu aquilo e calculou logo que para vingar-se ela iria desejar qualquer coisa ruim para a princesinha. E logo que o banquete terminou e todos se levantaram, correu na frente para esconder-se atrás da porta do quarto da linda criança. Desse modo, viria ela a falar por último, e poderia desejar à princesinha um dom que destruísse, ou pelo menos diminuísse, o mal que a fada velha pudesse ter em mente fazer.

Logo depois, começou o desfile das fadas diante do berço da recém-nascida. A mais moça de todas desejou que ela tivesse a bondade dum anjo; a segunda desejou que ela tivesse todas as graças possíveis; a terceira desejou que dançasse com perfeição; a quarta desejou que fosse a princesa mais bela do mundo; a quinta desejou que ela cantasse como um rouxinol; a sexta desejou que tocasse maravilhosamente bem toda a sorte de instrumentos musicais. Por fim, chegou a vez da fada velha, que se aproximou com cara de quem está a torcer-se de despeito e declarou que a princesa espetaria a mão numa roca de fiar e disso morreria.

Esse terrível vaticínio causou tamanha tristeza que todos se puseram a chorar. Nisto, a jovem fada, que se escondera atrás da porta, surgiu e disse em voz alta, dirigindo-se ao rei e à rainha:

— Sossegai, majestades, que a princesinha não morrerá.

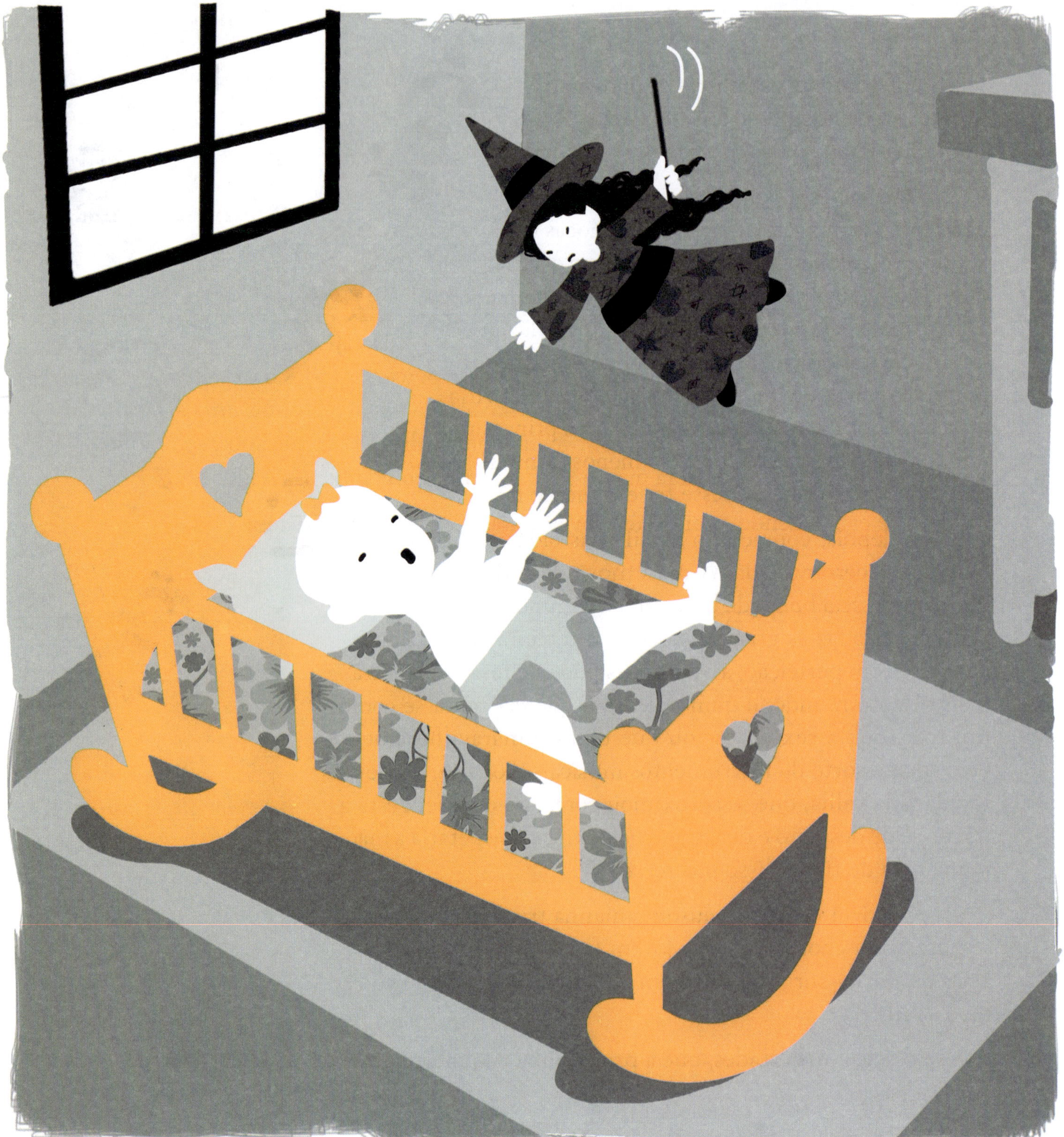

Embora eu não tenha poder bastante para destruir o mau voto da minha idosa colega, posso modificá-lo em parte. A princesa espetará a mão numa roca de fiar, mas em vez de morrer caíra em sono profundo por cem anos. Ao fim desse tempo, o filho dum rei virá despertá-la.

O pai da princesinha, entretanto, quis ver se contrariava o mau voto da fada velha e ordenou a publicação duma lei que proibisse no seu reino, sob pena de morte, o uso de rocas de fiar. As rocas desapareceram e a princesinha foi crescendo sossegada.

Ali pelos quinze ou dezesseis anos, porém, indo o rei e a rainha passar uma temporada num antigo castelo, aconteceu que a menina se pôs a percorrer todos os recantos com grande curiosidade. Também subiu a uma torre, no alto da qual encontrou uma água furtada onde viu uma velha a fiar na roca. Essa velha morava ali havia anos e anos, sem nunca pôr o nariz fora, de modo que nada ouvira falar da lei proibitiva do uso das rocas.

— Que está fazendo aqui, senhora velhinha?, perguntou a princesa.

Estou fiando, minha bela menina, respondeu a velha.

— Oh, como é interessante!, exclamou a menina. Explique-me isso. Deixe-me fiar um bocadinho.

A velha deixou-a fazer e como a princesinha não tivesse prática e fosse um tanto estouvada, logo espetou o dedo e caiu adormecida.

A pobre velha ficou tonta e gritou pedindo socorro; veio gente de todos os lados; borrifaram água no rosto da menina, deram-lhe palmadas na mão, desapertaram-lhe o corpete, esfregaram-lhe as têmporas com água da rainha da Hungria (que era a água-de-colônia daquele tempo); mas nada fez a menina voltar a si.

Então veio o rei e lembrou-se da predição da velha fada. Não havia remédio; tinha de conformar-se e deu ordem para que a pusessem no mais belo aposento do castelo, sobre um leito de ouro e prata. Ficou a menina que parecia um anjo do céu, porque o desmaio não lhe tirara as cores do rosto, nem o coral dos lábios — só que conservava os olhos fechados, embora respirando suavemente. Isto demonstrava que apenas dormia um longo sono.

O rei deu ordem para que a deixassem dormir em sossego até que o momento do seu despertar chegasse. A boa fada, que a salvara da morte em troca de cem anos de sono, estava vivendo no país de Mataquim, a doze mil léguas dali; mesmo assim foi avisada naquele mesmo instante por um anãozinho dono de umas botas de sete léguas. E veio ver a princesinha; veio num cano de fogo puxado por dois dragões de asas. O rei foi recebê-la à porta do castelo e acompanhou-a. A boa fada aprovou tudo quanto tinha sido feito, e, como fosse muito previdente, lembrou-se de que quando a princesa acordasse, dali a cem anos, havia de ficar muito embaraçada de ver-se sozinha naquele imenso castelo, e então fez o seguinte: tocou com a sua varinha mágica todas as pessoas que estavam por lá — governantas, damas de honra, gentis-homens, oficiais, cozinheiros, copeiros, jardineiros, cocheiros, guardas, soldados, moços de recados e mais criadagem; e também todos os cavalos que viu nas estrebarias e todos os cães, inclusive a cachorrinha Pufle, que era a mimosa da princesa e não lhe saía de ao pé da cama.

Ao mais leve toque de vara mágica, todos adormeciam para só despertarem cem anos depois, justamente no instante em que a princesa fizesse o mesmo. Desse modo, poderiam servi-la por essa ocasião como se nada houvesse acontecido. Na cozinha, os cozinheiros estavam assando ao espeto perdizes e faisões — e adormeceram na posição em que se achavam. Até as chamas do fogo ficaram paradinhas no ar.

Então, o rei e a rainha deixaram o castelo e proibiram sob pena de morte que alguém se aproximasse daquelas paragens. Isso, aliás, não era necessário, porque em menos de meia hora nasceu e cresceu em redor do castelo um bosque de espinheiros tão entrançados que não havia no mundo quem o pudesse atravessar. Tão cerrado ficou o tapume que do castelo só apareciam as torres lá em cima. Todos perceberam que se tratava de mais uma precaução da fada boa, desejosa de resguardar a sua protegida de qualquer curiosidade humana.

Ao completarem-se os cem anos, o filho do rei, que por esse tempo se achava no trono, foi um dia caçar naquelas bandas, e ao ver as torres em cima do cerrado de espinheiros, perguntou o que era. Ninguém soube responder com certeza. Um disse que era um velho castelo assombrado; outro disse que naquele ponto todas as feiticeiras dos arredores se reuniam nos seus sabás. A opinião mais espalhada era a dos que afirmavam ser ali o antro dum terrível ogre ou papão, monstro que furtava crianças pelos arredores e ia devorá-las lá com todo o sossego. Só esse papão sabia o meio de atravessar a muralha de espinhos.

O príncipe já estava tonto de tantas explicações diferentes, quando um velho camponês tomou a palavra e disse:

— Meu príncipe, há cinquenta anos ouvi de meus pais que dentro do castelo cercado pelos espinheiros está adormecida a princesa mais belo do mundo, a qual só voltará à vida se for despertada por um filho de rei — e que com ele se casará.

Ao ouvir tais palavras, o príncipe sentiu palpitar o coração; qualquer coisa lhe dizia que era ele o destinado a despertar a bela princesa adormecida — e imediatamente pôs o seu cavalo de rumo para o misterioso bosque de espinheiros. Ao chegar lá, as árvores, até então cerradíssimas, abriram-se para lhe dar caminho e ele pôde encaminhar-se para o castelo com a maior facilidade.

Em certo ponto deteve-se, olhou para trás e viu que os espinheiros se haviam fechado novamente, impedindo que os homens de sua comitiva o acompanhassem. Isso não lhe meteu medo. Continuou a caminhar, porque era valente e estava já com o coração cheio de amor.

Chegou; entrou — e o quadro que viu era de fazer tremer de medo a outros menos bravos. Por toda parte, corpos estirados pelo chão e recobertos de teias de aranha, como se tivesse havido uma grande matança. Pôde, entretanto, verificar que não eram cadáveres, e sim corpos de pessoas adormecidas.

Logo na entrada, viu os guardas suíços, ainda com copos de vinho na mão, porque esses guardas estavam bebendo no momento em que a fada os adormeceu.

O príncipe atravessou um grande pátio ladrilhado de mármore; subiu por uma escadaria; penetrou na sala da guarda, onde viu os soldados dispostos em duas fileiras, de baionetas ao ombro, roncando. Todas as demais salas e compartimentos que atravessou estavam igualmente cheios de fidalgos e damas e serviçais adormecidos, uns de pé, outros sentados. Afinal, numa câmara riquíssima, toda de ouro finamente lavrado, viu sobre um leito, de cortinas entreabertas, um quadro de maravilhosa beleza: uma jovem donzela de quinze para dezesseis anos, cujo rosto resplandecia como um sol.

O príncipe aproximou-se, trêmulo de comoção, e ajoelhou-se ao lado dela, num enlevo. Foi o bastante para que o encantamento se quebrasse e a bela adormecida abrisse os olhos. Abriu os olhos e, com voz trêmula de ternura, disse ao príncipe:

— És tu, meu príncipe? Oh, como se fez esperado!

Encantado com estas palavras, e mais ainda com o tom amoroso com que foram ditas, ficou o príncipe sem saber como demonstrar a sua felicidade; por fim, declarou à donzela que a amava mais do que a si mesmo. Mas atrapalhou-se ao dizer isso, porque esses amores repentinos atrapalham as criaturas. Já com a princesa se dava o contrário; como havia tido cem anos de adormecimento para, nos sonhos, preparar as frases para aquele desfecho, falou que nem um livro aberto. Durou quatro horas aquele colóquio amoroso — e eles não disseram nem metade do que tinham a dizer.

Nesse meio-tempo, todos os serviçais do palácio também saíram do longo sono de cem anos e como não estivessem tomados de amor, como a princesa e o príncipe, trataram de atender ao estômago, que lhes doía de fome. A mesa foi posta, e a primeira-dama de honra veio dar parte à princesa de que o jantar estava servido. O príncipe deu a mão à bela adormecida e conduziu-a ao salão, sem entretanto dar-lhe a perceber que ela estava vestida à moda de um século atrás, o que, entretanto, em nada diminuía a sua resplandecente beleza.

No salão dos espelhos estava servido o jantar, com todos os lacaios do palácio nos seus lugares. Violinos e flautas tocaram músicas de que ninguém mais se lembrava por serem de cem anos passados. Findo o jantar, o sacerdote do palácio realizou o casamento na capela

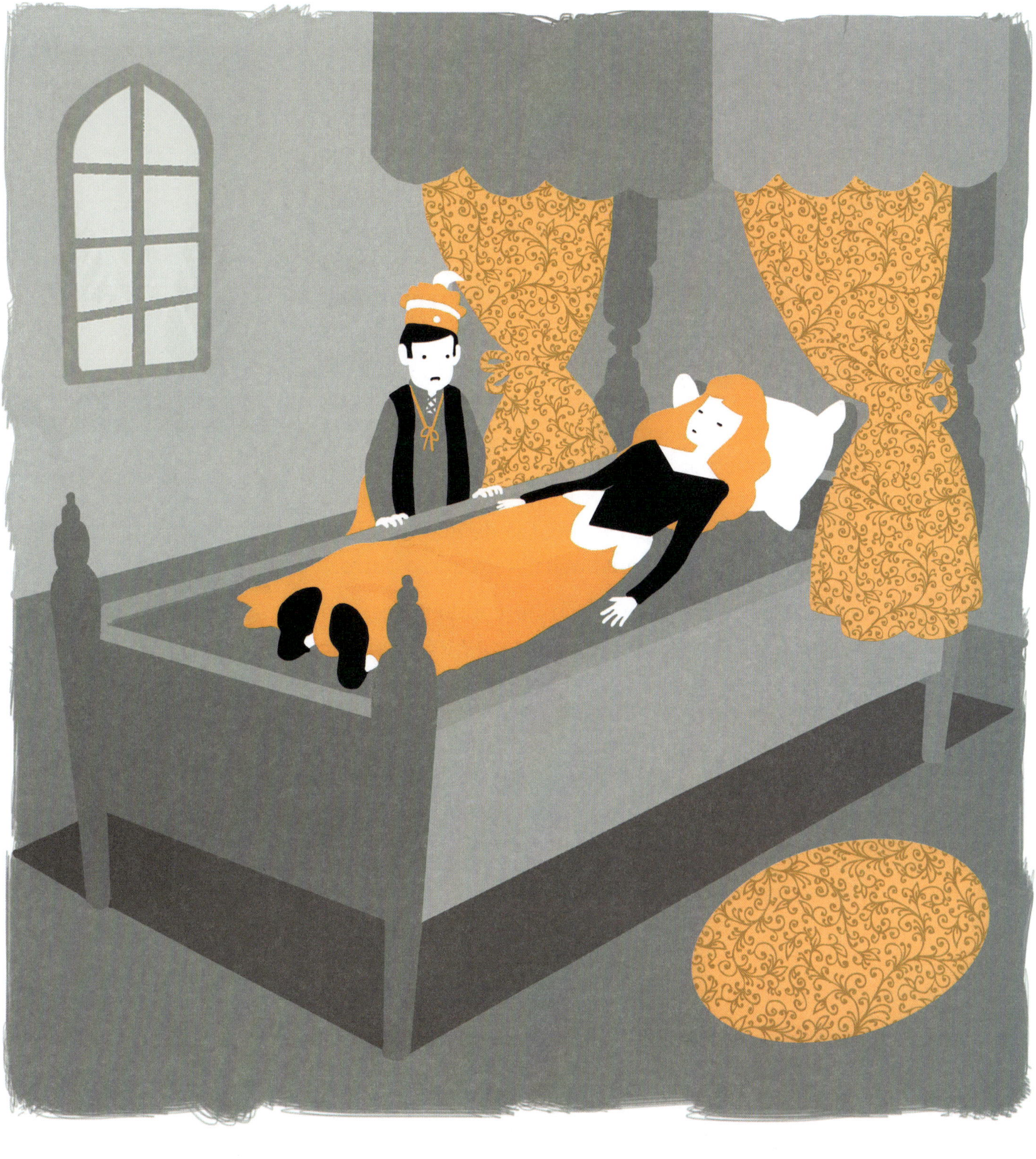

real. Em seguida, os amorosos se recolheram aos seus aposentos. Está claro que nessa noite só dormiu o príncipe, porque a princesa estava farta e refarta de um século inteiro de sono. De manhã, o príncipe saltou da cama e tratou de voltar à cidade, onde o rei seu pai devia estar inquieto da sua ausência.

Lá chegando, contou ao rei que se tinha perdido na floresta e que dormira na cabana dum lenhador, havendo ceado pão negro e queijo de leite de cabra. O rei acreditou; mas a rainha, que era muito mais esperta, passou a desconfiar dos passeios diários que desde essa ocasião o príncipe fazia para os lados do bosque dos espinheiros, passeios muito compridos e sempre com a história de perder-se na mata e dormir em casa de lenhadores. Ela desconfiou. E tinha razão para isso, porque já durava dois anos a tal vida de caçadas e perdimentos. Nesse espaço de tempo, a bela adormecida teve dois filhos, uma menina de nome Aurora e um menino de nome Dia, cada qual mais lindo que o outro.

A rainha tentou fazer o seu amado filho contar o segredo daqueles mistérios; ele, porém, não se animou a tanto, porque essa rainha era da raça dos ogres e o rei só casara com ela por causa das suas grandes riquezas. Diziam mesmo na corte que o sangue ogre que lhe corria nas veias era tão forte que ela não podia passar perto duma criança sem sentir ímpetos de devorá-la. O príncipe sabia disso, e para evitar calamidades nada contou do castelo do sono.

Algum tempo depois, o velho rei morreu e o príncipe foi elevado ao trono; então declarou publicamente o seu casamento com a bela adormecida e com grande acompanhamento trouxe a esposa para o palácio real, onde começaram a viver muito felizes.

Um ano mais tarde, o novo rei teve de fazer guerra a um rei

vizinho, e ao sair deixou a regência entregue à rainha-mãe, muito lhe recomendando a jovem esposa e os filhinhos. Mas assim que ele virou as costas, a rainha-mãe enviou a nora e os meninos para uma casa de campo situada no meio da floresta, bem longe, onde ela, rainha, pudesse dar largas ao seu apetite de bruxa, filha de ogre comedor de crianças, ou papão. Era papona, a diaba. Logo que os teve instalados lá, ordenou ao seu cozinheiro:

— Quero amanhã ao jantar comer a pequenina Aurora.

— Ah, senhora!, exclamou o pobre cozinheiro, atarantado. Não faça isso...

— Quero e quero e quero, gritou a rainha no tom feroz das paponas, e explicou de que modo queria que se assasse a menina, e com que molho.

O cozinheiro viu que nada mais lhe restava senão obedecer, e tomando uma faca muito grande subiu ao quarto da pequena Aurora, que tinha então quatro anos. Assim que o viu, a menina pulou-lhe ao pescoço, pedindo-lhe bombons e mais coisas gostosas. O triste cozinheiro caiu em pranto; por fim desceu ao quintal e matou um carneirinho, que preparou como se fosse a menina. A papona comeu-o, certa de que estava comendo a netinha — e lambeu os beiços, confessando que jamais comera petisco que valesse aquele. Enquanto isso, o bom cozinheiro corria a esconder a menina Aurora em sua própria casa, num caixão lá no fundo do galinheiro.

Oito dias depois, a rainha papona disse de novo ao cozinheiro:

— Quero hoje à ceia ter na mesa o segundo menino, e dessa vez o cozinheiro nada replicou porque sabia como fazer as coisas. Foi procurar o menino, então com três anos apenas e já muito espertinho. Encontrou-o de espadinha de pau na mão, esgrimando com um macaco manso. Levou-o para junto da sua irmãzinha Aurora e em lugar dele matou outro cordeiro. A papona comeu mais esse cordeiro pensando que fosse o netinho e ainda o achou melhor que a netinha.

Tudo acabaria bem — se o apetite da terrível papona se contentasse com isso. Dias depois, entretanto, ela ordenou ao cozinheiro:

— Quero agora comer a rainha, com o mesmo molho que você preparou para os meninos assados.

O pobre cozinheiro ficou atrapalhadíssimo.

A rainha já estava nos vinte anos, e como tivesse vivido a dormir um século, tinha na realidade cento e vinte anos. Ora, era natural que estivesse com a carne bastante dura — e como descobrir um animal de carne dura assim? Pensou, pensou, pensou e por fim resolveu cumprir as ordens recebidas. Subiu ao quarto da rainha, de faca na mão, falando sozinho para animar-se. Mas não quis matá-la de surpresa. Antes de erguer a faca explicou-lhe que eram ordens da rainha regente.

— Mate, mate duma vez!, gritou-lhe a pobre bela adormecida, apresentando-lhe o pescoço alvíssimo. Desse modo irei juntar-me aos meus queridos filhinhos, tão cruelmente destruídos.

Ela estava certa de que os meninos tinham sidos mortos e comidos pela papona.

— Não, minha senhora, respondeu o cozinheiro enternecido. Nem a senhora morrerá, nem os seus filhinhos morreram — e contou como os havia salvado e onde os conservava escondidos. Explicou que mataria uma veada e a prepararia de modo que a papona não percebesse a troca.

Momentos depois estava a rainha reunida aos dois meninos e a abraçá-los e a beijá-los como só as mães sabem fazer. Enquanto isso, o bom cozinheiro preparava uma grande veada, que a papona comeu com grande prazer, certa de que estava comendo a rainha. Comeu e ficou a pensar no que diria ao rei seu filho quando retornasse da guerra. O melhor seria deitar a culpa nos bolos famintos, que em grandes bandos percorriam aquelas matas.

Uma noite, porém, em que ela descera ao pátio da casa de campo a fim de farejar alguma carne fresca, ouviu lá em certo ponto um chorinho de criança. Era o menino Dia, que fizera uma travessura e fora castigado por sua mãe. Também ouviu a voz de Aurora pedindo à rainha que perdoasse ao irmãozinho.

A papona ficou furiosa de ter sido lograda e a grandes berros ordenou que trouxessem para o pátio uma enorme tina cheia de sapos e lagartos e cobras, na qual fossem lançados os meninos, a rainha e o cozinheiro que desobedecera as suas ordens, e a mulher dele e mais sua criada. Todos deveriam ser trazidos para ali de mãos amarradas.

Estavam já reunidos em redor da tina dos bichos horrendos aquelas pobres vítimas, à espera de um sinal da papona, quando se ouviu um tropel. Era o rei que chegava da guerra. Entrou no pátio e ficou assombrado com o que viu, mas ninguém teve coragem de lhe explicar coisa nenhuma. A papona, então, vendo-se perdida, atirou-se à tina de ponta-cabeça e num instante foi devorada pela bicharia faminta.

O rei não deixou de ficar triste, porque afinal de contas a papona era sua mãe, mas no mesmo instante consolou-se no amor e carinho da bela adormecida e das duas encantadoras crianças. E daí por diante viveram na mais completa felicidade.

Riquet Topetudo

Certa vez, uma rainha teve um filho tão feio e sem jeito que por muito tempo todos duvidaram que fosse gente. Entretanto, uma fada, que havia estado presente no dia do seu nascimento, assegurara que, apesar daquele aspecto, ele seria muito querido por causa da sua grande inteligência, e ainda teria o dom de transmitir inteligência à pessoa que mais amasse.

Isso consolou um bocado a pobre rainha, que ficara aflitíssima de haver posto no mundo semelhante monstro. E consolou-se ainda mais ao ver que essa criança entrava a falar muito cedo e foi logo dizendo coisas engraçadas que encantavam a toda gente. Creio que ainda não contei que ele se chamava Riquet Topetudo. Riquet era o seu nome de família e Topetudo era apelido por ter vindo ao mundo com um topete bem no alto da cabeça.

Seis ou sete anos depois do nascimento de Riquet, a rainha dum reino próximo teve duas filhas. A mais velha parecia um sol de beleza; tão linda que todos tiveram medo que a sua mãe ficasse doente de tanto admirar a criança. A mesma fada que assistira ao nascimento de Riquet declarou, para diminuir o entusiasmo da rainha, que não há beleza sem senão e que portanto a princesinha seria completamente estúpida. Isso esfriou o entusiasmo da pobre mãe, que logo depois teve novo desgosto; a segunda filha nasceu horrivelmente feia.

— Não se aflija, disse-lhe a fada; essa menina será compensada de tanta feiura pelas graças do seu espírito; será tão encantadora que ninguém jamais perceberá que é feia.

— Deus o queira!, exclamou a rainha suspirando; mas não haverá meio de diminuir a estupidez da mais velha, que é tão linda?

— Isso não está em mim, respondeu a fada, porque eu só tenho poder no que toca à beleza; mas posso fazer por ela uma coisa; dar-lhe o dom de tornar belas as criaturas que venha a amar.

As duas princesinhas foram crescendo e as perfeições de cada uma também foram crescendo. Toda gente só falava na beleza da mais velha e na graça da mais nova. Infelizmente os defeitos também cresciam com a idade. A mais moça enfeiava à vista d'olhos e a mais velha tornava-se cada vez mais estúpida. Ficou a ponto de não dizer palavra que não fosse asneira. Era incapaz de arrumar duas xícaras em cima da mesa sem quebrar uma, e cada vez que bebia água derramava metade do copo no vestido.

A beleza vale muito na vida — mas era a graça da mais moça que conquistava toda gente. Numa reunião qualquer, todos se voltavam para a mais bela; isto por uns instantes só, porque logo depois estavam em redor da mais moça, cuja graça e espírito enlevavam a todo mundo. A bela ficava abandonada a um canto, sozinha. Apesar de estúpida como sabemos, ela observou aquele fato e disse que daria de bom gosto toda a sua beleza em troca de metade da graça da irmã. A rainha, muito orgulhosa da beleza da filha mais velha, ralhou-a por pensar assim — o que muito a entristeceu.

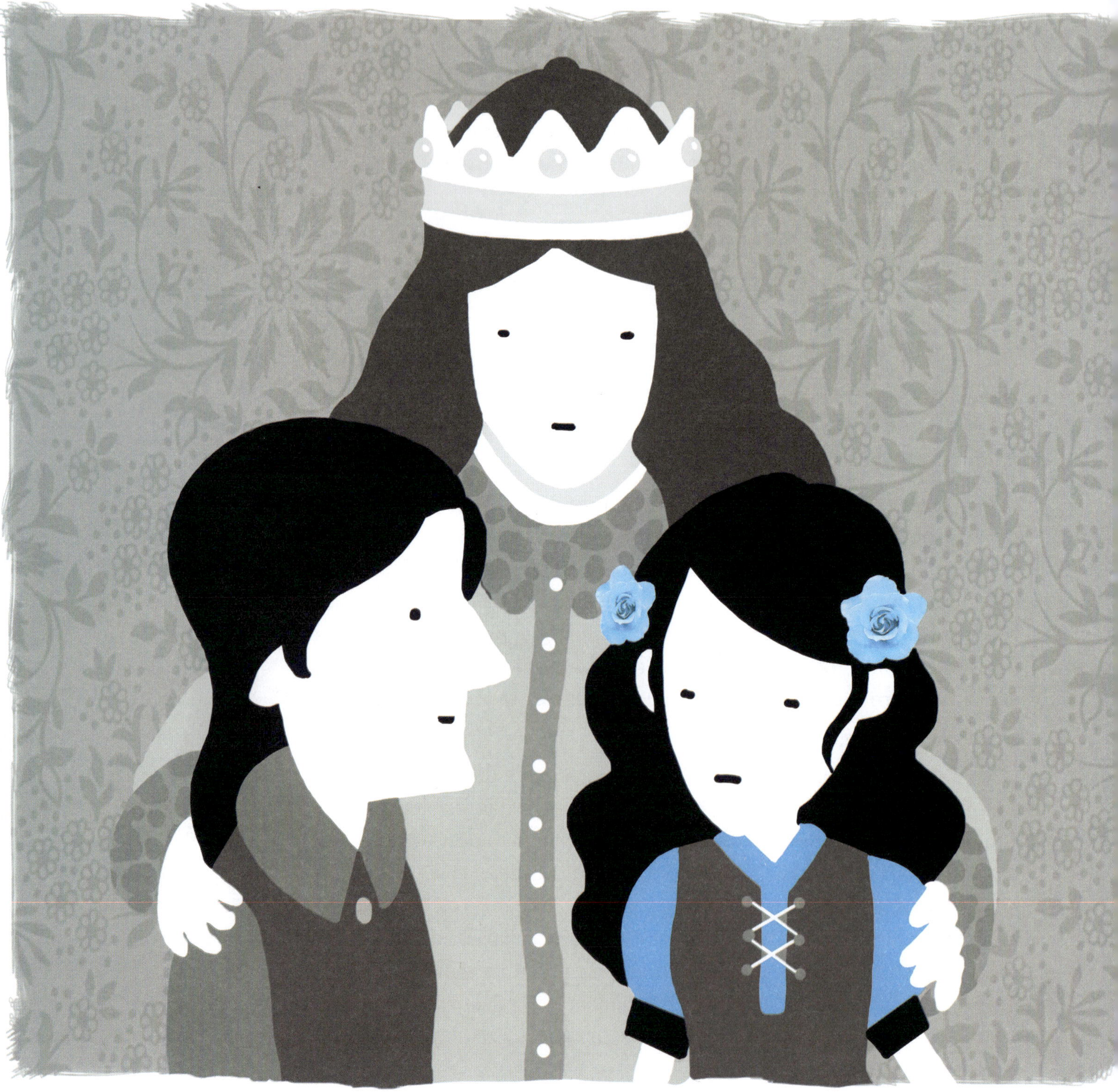

Um dia que a bela estúpida se havia retirado a um bosque para chorar à vontade a sua desgraça, apareceu-lhe um homenzinho vestido de ricas roupas. Era o Príncipe Riquet, que se apaixonara por ela desde que a vira em retrato; e tão apaixonado ficou que saiu do seu reino lá longe para vir vê-la. Encantado de encontrá-la no bosque, sozinha e tão triste, Riquet aproximou-se com toda a cortesia e respeito e disse-lhe:

— Não compreendo, senhora princesa, como uma criatura de tal formosura possa sentir um instante de melancolia. Conheço uma infinidade de criaturas lindas e nenhuma vi que lhe chegue aos pés.

— Isso é bondade sua, respondeu a princesa — e calou-se.

— A beleza, continuou Riquet, é um dom de tal valor que dispensa tudo mais; e quem a possui em tão alto grau, como a senhora, não tem razão de afligir-se por coisa nenhuma.

— Eu preferia ser feia como o senhor e ter inteligência e espírito a ser bela como sou e tão estúpida.

— Minha senhora, nada melhor revela inteligência e espírito do que declarar que não os tem. É próprio das pessoas inteligentes suporem que não são inteligentes.

— Não sei de nada, disse a princesa, só sei que sou muito estúpida e é disso que vem a tristeza que me mata.

— Se a causa da sua tristeza é só essa, princesa, eu poderei dar um remédio.

— Qual é?

— Tenho o poder de transmitir inteligência e espírito à pessoa que eu mais amar, e como a senhora é a pessoa que eu mais amo, basta que se case comigo para ter toda a inteligência por que tanto anseia.

A princesa ficou atrapalhada e nada respondeu.

— Vejo, disse então Riquet, que a minha proposta não a agrada, e acho razoável isso, visto que sou muito feio; mas dou um ano inteiro de prazo para que se decida.

A princesa era realmente tão estúpida que imaginou que esse ano de prazo não acabaria nunca — e aceitou a proposta de Riquet. Imediatamente começou a sentir-se outra; já podia exprimir com palavras finas tudo quanto sentia, como fazem as pessoas inteligentes. Na conversa que, a partir daquele momento, teve com o próprio Riquet, revelou-se tão diferente, tão mais engraçada e viva que Riquet percebeu que já lhe havia transmitido ainda mais inteligência do que ele próprio possuía.

Ao voltar para o palácio, a corte espantou-se da repentina mudança operada na princesa. Em vez das coisas tolas e impróprias que todos estavam acostumados a ouvir brotar de tão linda boca, só ouviam agora palavras sensatas e ditas com toda a elegância e mimo. A alegria da corte foi imensa. Só não se alegrou com a mudança a irmã mais moça, que já agora nada valia perto dela.

O rei começou a deixar-se levar pelos seus conselhos e muitas vezes a consultar sobre os negócios mais importantes do reino. A notícia de tão extraordinária mudança espalhou-se pelos países vizinhos, fazendo que numerosos príncipes se esforçassem pela conquista do seu coração. E todos a pediram em casamento. Ela, entretanto, não encontrava nenhum com inteligência igual à sua, e embora a todos gentilmente atendesse, não se comprometia nunca. Afinal, apareceu um tão poderoso, tão rico e tão belo de corpo que fez o seu coração bater dum modo diferente. Com aquele, sim, se casaria. O rei percebeu a inclinação da princesa e disse-lhe que lhe dava inteira liberdade de escolher como esposo aquele príncipe, se isso fosse do seu agrado. Mas, como as pessoas que têm muita inteligência não se decidem loucamente sobre questões de tal importância, a princesa pediu prazo para refletir.

Estava ainda correndo esse prazo quando foi ela dar um passeio pelo mesmo bosque onde havia encontrado Riquet; desejava ficar sozinha por lá umas horas, refletindo sobre o melhor caminho a seguir. Sentou-se à raiz duma árvore, com o rosto apoiado ao tronco, e logo adormeceu. Adormeceu e sonhou, e no sonho ouviu um barulho dentro da terra, como muitas pessoas que se movimentassem nalguma tarefa. Prestando atenção ouviu o que falavam.

— Traga-me aquela caldeira, dizia uma.

— Veja a panela grande, dizia outra.

— Ponha lenha no fogo, dizia uma terceira.

Nisto a terra abriu-se e ela pôde ver uma grande cozinha cheia de cozinheiros e ajudantes ocupados no preparo dalgum grande jantar. Em grupos de vinte ou trinta, logo se afastaram dali, com espetos na mão, e foram preparar assados de carneiro num certo ponto da floresta.

Admirada com tudo aquilo, a princesa perguntou-lhes para quem estavam trabalhando.

— Senhora, respondeu o que parecia ser o chefe, estamos trabalhando para o Príncipe Riquet Topetudo, cujo casamento vai ser amanhã.

Mais surpreendida ainda, e recordando-se que naquele dia terminava o prazo de um ano que lhe dera esse príncipe, ela estremeceu a ponto de por um triz não cair no buraco. Lembrou-se da promessa feita no tempo em que ainda era estúpida. Depois que a inteligência lhe veio, tinha-se esquecido completamente de tudo.

Ergueu-se e pôs-se a caminhar. Ainda não dera trinta passos quando Riquet lhe aparece pela frente, valente, magnífico, no entusiasmo dum príncipe que vai casar-se.

— Eis-me aqui, senhora, disse ele, pronto para cumprir minha palavra e certo de que a princesa fará o mesmo.

— Devo confessar com lealdade, senhor Riquet, que ainda não me decidi e receio não me decidir do modo que o príncipe deseja.

— Isso me espanta!, retorquiu Riquet.

— Acredito, retornou a princesa, que se eu estivesse tratando com um príncipe brutal e estúpido, certo que ficaria muito embaraçada. Uma princesa só tem uma palavra, havia ele de dizer-me e, portanto, há de casar-se comigo, já que se comprometeu. Mas, como o Príncipe Riquet é um homem de elevada inteligência, estou certa de que me ouvirá e me dará razão. Bem sabe que quando eu ainda era a estúpida que fui, não pude resolver-me a aceitar o seu pedido de casamento.

Como pois quer que eu agora, que tenho a inteligência que o príncipe mesmo me deu, possa tomar uma resolução tão importante, dum momento para outro? Se queria casar-se comigo, devia deixar-me estúpida como eu era, e não abrir-me os olhos de modo que pudesse ver claro em tudo, como hoje vejo.

— Se um homem sem inteligência, respondeu Riquet, poderia casar-se com a princesa, por que não o poderá um inteligente? Será crível que os homens de inteligência valham menos que os sem inteligência? Vamos esclarecer este ponto. Não falando da minha feiura, encontra em mim alguma coisa que a desagrade? Está descontente com a minha linhagem, com as minhas ideias, com os meus modos?

— De maneira nenhuma, respondeu a princesa. Aprecio grandemente as qualidades que o senhor príncipe mostra ter.

— Se assim é, então serei feliz, porque a senhora princesa tem o poder de virar-me no mais belo dos homens.

— Como?, exclamou a princesa, ansiosa.

— Isso acontecerá se a senhora princesa me consagrar um amor bastante forte. O meu grande amor pela princesa operou o milagre de transformar estupidez em inteligência e graça; o amor da princesa por mim transformará minha feiura em beleza.

A princesa ficou atônita e então Riquet esclareceu tudo.

— A mesma fada, disse ele, que por ocasião do meu nascimento me deu o poder de transformar num prodígio de inteligência a criatura que eu amasse, deu também à senhora princesa o poder de transformar num prodígio de beleza o homem a quem amar.

— Se é assim, respondeu a princesa, declaro que desejo do fundo do coração que o Príncipe Riquet se transforme no mais belo príncipe do mundo!

Nem bem acabou de pronunciar tais palavras e já Riquet Topetudo surgiu ante seus olhos transformado no mais belo príncipe do mundo — e a princesa prometeu casar-se com ele assim que obtivesse o consentimento paterno.

O rei apreciava grandemente as qualidades do Príncipe Riquet, de modo que foi com prazer que deu o consentimento pedido. E desse modo o casamento realizou-se no dia em que o príncipe havia previsto e de acordo com as ordens que já havia dado a sua gente.

Muitos que sabem desta história dizem que não foi o dom da fada que operou a transformação de Riquet Topetudo, e sim o amor que por ele a princesa começou a sentir logo que viu a sua perseverança e percebeu como era rico de altas qualidades. Dizem que desde esse momento a feiura dele começou a desaparecer aos olhos da princesa, de acordo com o célebre ditado — quem ao feio ama, bonito lhe parece. Seja lá como for, casaram-se e viveram muito felizes.

A Capinha Vermelha

Era uma vez uma menina linda, que morava numa aldeia com sua mãe. Chamava-se Capinha Vermelha, por causa duma capinha dessa cor que sua avó lhe havia feito.

Um dia, a mãe de Capinha fez bolos e lhe disse:

— Vá ver como está passando sua avó, pois me consta que não anda boa; e leve-lhe estes bolos e um pouco de manteiga.

A menina dirigiu-se para a casa da avó, que morava longe, e passando por uma floresta encontrou o compadre lobo. Bem vontade de comê-la teve ele, mas nada fez, por causa dos lenhadores que trabalhavam por perto.

A menina, que não sabia como é perigoso parar para conversar com lobos, disse-lhe:

— Vou visitar minha avó e levar-lhe uns bolos e um pouco de manteiga que mamãe manda.

— Sua avó mora longe daqui?, indagou o lobo.

— Oh, sim! Mora lá adiante daquele moinho que se vê daqui, na primeira casa da aldeia.

— Pois vou também visitá-la, disse o lobo.

— Você segue por um caminho e eu por outro — e veremos quem chega primeiro.

O lobo imediatamente pôs-se a correr pelo caminho mais curto e a menina tomou o mais longo, e foi parando para colher frutas do mato e correr atrás das borboletas e fazer raminhos de flores.

Num instante o lobo chegou à casa da velha e bateu: toque, toque, toque.

— Quem bate?, perguntou lá de dentro uma voz.

— É sua neta Capinha Vermelha, respondeu o lobo disfarçando a voz. Venho trazer um bolo e um pouco de manteiga que mamãe manda.

A boa velha, que estava na cama meio adoentada, gritou:

— Vira a taramela e entra.

O lobo virou a taramela, abriu a porta, entrou, avançou para a velha e a comeu num instante. Estava com uma fome de três dias. Em seguida, fechou a porta e foi deitar-se na cama da velha a fim de esperar pela menina. Não demorou muito e Capinha chegou. Bateu: toque, toque, toque.

— Quem é?, gritou o lobo do fundo da cama.

Capinha assustou-se com aquela voz, mas, como a vovó estivesse doente, julgou que fosse rouquidão, e respondeu:

— É sua neta, Capinha, que vem trazer uns bolos e manteiga que mamãe manda.

O lobo repetiu para a menina o que lhe havia dito a velha, procurando sempre mudar a voz:

— Vira a taramela e entra.

Capinha virou a taramela, a porta abriu-se e ela entrou. O lobo tapou como pôde a horrível cara e de dentro das cobertas disse:

— Põe os bolos e a manteiga no armário e vem conversar comigo.

A menina guardou o presente, tirou a capinha e dirigiu-se para a cama da velha. Ficou logo muito admirada de ver como era sua avó quando ficava de cama. E disse-lhe:

— Que braços peludos a senhora tem, vovó!

— É para melhor te abraçar, minha neta.

— Que pernas compridas a senhora tem, vovó!

— É para melhor correr, minha neta.

— E que grandes orelhas, vovó!

— É para melhor te ouvir, minha neta.

— E que grandes olhos, vovó!

— É para melhor te ver, minha neta.

— E que grandes dentes a senhora tem, vovó!

— É para melhor te comer — e *nhac!* Avançou para a menina e a devorou. ◼